나 는 시 바 견 과 산 다

우리 집
마메

나 는 시 바 견 과 산 다

우리 집
마메

길은 지음

"여보, 애는 어쩜 이렇게 못생겼을까?"

남편이 한눈에 반했다며 마메를 막 데려왔던 날 거실 한가운데에 배를 깔고 엎드려 맹렬히 인형을 '오체분시' 하던 마메는 정말로 장화 닦고 대충 뭉쳐둔 행주 같아 보였다. 시바견에 대해 이렇다 할 관심이나 호감도 없었고, 내가 키우게 될 줄은 더더욱 몰랐던지라 이따금 아궁이에 굴린 감자 같은 어린 시바견을 보면 '참 구수하게도 못생겼구나' 하며 속으로 감탄하곤 했다. 그래서 막상 마메와 함께 살게 되었을 때도 '저리도 못나서야 물고 빨고 팔불출 같은 짓을 할 일은 없겠다'며 혀를 차기도 했다.

하루가 다르게 쑥쑥 자라며 찾아온 상상을 초월하는 털 빠짐을 시작으로 이제껏 접해본 적 없는 패악질과 남아나질 않는 세간살이까지, 개를 솔찬히 오래 키워봤다고 자부했지만 마메의 유년기는 참으로 어렵고 힘들었다. 게다가 살갑지도 않아서 품에 안으려 하면 죽을 둥 살 둥 발버둥 쳐서 도망을 가니 보통 얄미운 것도 아니었다. 하지만 열 번 중 두 번은 예쁜 짓을 해주니 슬슬 눈에 콩깍지가 씌고, 먼저 마음 준 쪽이 지는 거라고 어느새 자연스레 카메라를 들이대며 뒤꽁무니를 쫓아다녔다.

마침 시바견이 생소했던 지인들이 마메에 대해 궁금해하기에 뒤늦게나마 마메

사진을 정리해서 올려봐야겠다는 마음으로 트위터를 시작했다. '못생겼다 못생겼다' 해도 품에 끼고 데리고 살다보니 내 눈에 귀여워 보이는 내 개가 다른 사람들 눈에도 예뻐 보일지는 모르겠지만, 그래도 여기저기 자랑하고 싶은 마음은 결국 팔불출이 아니었나 싶다. 못나고 우스운 사진이 태반이라 같이 웃자고 올린 사진들뿐인데 항상 분에 넘치는 따뜻한 관심과 애정을 받아 얼마나 감사하고 기쁜지 모른다. 마메는 행복한 개다.

나는 마메의 웃는 얼굴이 좋다. 제 쪽에서 먼저 가만히 바라보다 나와 눈이 마주쳤을 때 짓는 그 반가운 웃음이 있다. 기대에 차서 웃고, 기분이 좋아서 웃고, 그저 반가워서 웃고. 여하간 늘 헤벌쭉 웃곤 한다. 마메가 사랑받는 개로 기억되는 것도 좋지만, 행복하게 웃는 개로 기억되었으면 좋겠다. 물론 무병장수가 제일 큰바람이긴 하지만. 그래서 이 책에는 마메의 앨범 같은 의도로 만들었던 트위터에 올린 내가 좋아하는 마메의 모습과 트위터에 공개하지 않았거나 새롭게 찍은 사진, 그림과 글을 더해 완성했다.

우리 부부와 함께 마메의 성장을 지켜봐온 분들에게도, 우연한 기회로 새로이 알게된 분들에게도 마메로 인해 우리 부부가 얻었던 소소한 기쁨과 웃을 수 있었던 일상들이 전해질 수 있길 바란다.

1장

우리 집 마메

온종일 사고 치고 못난 외모 뽐내
며 들이대지만 뒤끝 없는 성격과
남다른 사교성이 무기인, 못났다
싶으면 귀엽고 귀엽다 싶으면 못난,
세상에서 제일 예쁜 우리 집 웬수.

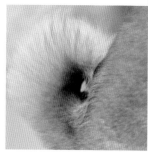

시바견은 일본에서 가장 많이 키우는 개 중 하나이며 천연기념물로 지정된 소형 견종이다. 짧은 털, 쫑긋한 귀, 말린 꼬리를 가졌다. 일반적으로 주인에게 충실하고, 낯선 사람은 경계하며, 영리하고 용감해 집 지키는 개로 오랫동안 사랑을 받았다. 그렇다. 마메는 시바견이다.

전쟁 같은 사랑의 시작

〈펫숍에 구경왔음〉

다음 날

거짓말이라고
해줘.

이 름 : 마메

생년월일 : 2012년 1월 18일

성 별 : 여

가 족 : 엄마, 아빠, 나(마메)

거 주 지 : 일본 도쿄 근처

이름

'마메'는 일본어로 '콩'이라는 뜻이다. 일본에서 특히 시바견에게 흔히 붙이는 이름으로 '바둑이'나 '뽀삐' 같은 것이라고 할 수 있다. 사람이고 동물이고 이름이 촌스러워야 장수한다는 조상님들의 어드바이스를 적극적으로 받들어 마메라고 부르게 되었다.

뭘 봐, 인마.

집에 온 지 얼마 안 된 시기의 마메 어린이.
작긴 작았구나 싶다.

자고 일어나면 커져 있고,
또 자고 일어나면 커져 있고 그랬다.
이게 딱 그 시절의 모습들.

청소년 마메.
팔다리가 길어지는 속도에
볼살이 못 따라오던 때라 홀쭉하다.

저 때는 털에 검은색이 많이 섞여서
안 예쁘다고 시큰둥했는데
자라면서 다 사라졌다. 왜일까.

집에 막 왔을 땐 조신한 듯하더니만 장난감을 주자마자 본성을 드러내는 것이었다.
사탄 숭배의 싹수가 이미 보였던 마메 어린이.

팔다리 길어지며 진화한 사탄 숭배자의 열광적인 몸짓.

아기는 자는 게 일이라고,
온 집 안을 쑥대밭으로 만들어놓고도
잠은 칼같이 잤다.

그 손짓은 뭐지? 악마를 소환하는 행위인가.

애매하고 숭악한 미소의 기원.

자기가 모르는 건 다 건드려봐야 성이 풀리는 호기심 많은 성격이고,

예민할 것 같은데 의외로 사람이나
다른 동물에게는 무던한 편이다.
오히려 먼저 다가갔다가 뺨 맞고
기죽는 일이 다반사.

틈만 나면 만져달라고
자기 좀 보라고
엄청나게 귀찮게 구는데,

정작 안고 뽀뽀하려고 하면 발버둥 쳐서 도망가는 알 수 없는 심보.

가족

父 아빠　柴犬 시바견

毛色 털색　黒 검은색

年齡 연령　2005年生まれ 2005년 출생

体重 몸무게　9

賢さ 총명함　★ ☆ ☆

活発 활발함　★ ☆ ☆

食欲 식욕　★ ☆ ☆

社交性 사교성　★ ☆ ☆

母 엄마　柴犬 시바견

毛色 털색　赤 붉은색

年齡 연령　2007年生まれ 2007년 출생

体重 몸무게　9

賢さ 총명함　★★★

活発 활발함　★★★

食欲 식욕　★★★

社交性 사교성　★★★

짐 정리하다가 마메의 부모견 사진을 찾았다. 작은 체구는 엄마 아빠를 닮은 거였고, 아빠는 까만색인 걸로 보아 털빛은 외탁이었던 것이다. 활발함과 식욕은 엄마 아빠를 합친 것 같다.

현재 마메는 부모견과 사는 대신 우리와 살고 있다. 마메에게 우리가 어떤 의미인지는 모르겠지만, 우리에게 마메는 가족이다. 조금 상전 같은...

전하,
땅도 밟으셨고
동네 두 바퀴 도셨으니
이제 그만 환궁하심이
어떠시온지?

아직
멀었다!!

저 망할 것은
지치지도 않나...

특징

만약 수백 마리 시바견 사이에서 마메를 찾아야 한다면 다음과 같은 특징을 명심하면 된다.

특징 1. 남의 집 시바견보다 한 치수는 더 작아서 세 살 먹은 지금도 몇 개월이냐는 질문을 받는 작달막한 몸집.
특징 2. 동네 시바견들보다 살짝 홀쭉한 볼살.
특징 3. 원인을 알 수 없는 정수리 땜통.
특징 4. 늠름하게 솟아오른 백정 수염.
특징 5. 고소해 보이는 털빛.
특징 6. 자잘자잘한 속눈썹.
특징 7. 두툼한 살집의 뒤태.
특징 8. (산책 나가면 늘 잘생겼다는 소리만 듣는) 서류로만 존재하는 여성성.

그래도 못 찾겠으면 "산책 갈까?" 소리에 "옥꺅꺅!" 소리를 대번에 내는 게 바로 마메다.

특징 2. 동네 시바견들보다 살짝 홀쭉한 볼살.

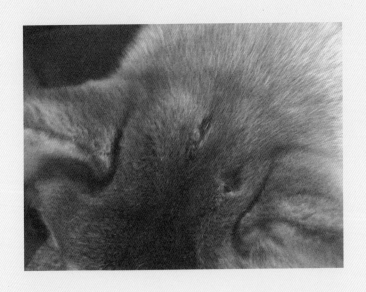

특징 3. 원인을 알 수 없는 정수리 땜통.
정수리 털이 움푹 죽는 게 보이면 씻길 때라는 신호인데
우리 집에선 저걸 '땜빵' '땜통'이라고 부르면서 놀린다.

특징 4. 늠름하게 솟아오른 백정 수염.
볼따구니랑 턱 밑에 뿔처럼 솟아 있는 백정 수염을
깔끔하게 제거했다!
사람이고 짐승이고 털로 고통받는 여성성이여.

특징 5 . 고소해 보이는 털빛.

마메는 '구운 식빵 같다' '잘 익은 빵 같다'는 소리를 자주 듣는데, 솔직히
내가 보기엔 그런 꼬순내가 나는 귀여운 표현보단 냉동실에서 데우려고 꺼
냈다가 불 조절 망할 대로 망해서 프라이팬에 다 눌어붙은 인절미 같다.

잘 퍼진 인절미.   제때 안 뒤집으면
                                    볼따구 눌어붙어 타겠잖아요.

특징 6. 자잘자잘한 속눈썹.

마메 얼굴에서 제일 좋아하는 부분.
그냥 저 자잘한 속눈썹이 파닥이는 게 귀엽다.

특 징 7. 두툼한 살집의 뒤태.
"요것아, 그만 자고 엄마 좀 보아." 하고 불러젖히니
자는 건지 아닌 건지 모를 풍만하고 자애로운 그 자태에
나는 그만 할 말을 잊고 마는 것입니다. 아아.

저게 개여 곰이여.

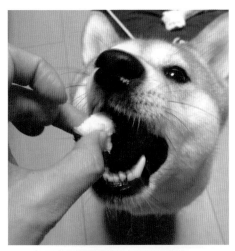

집에 구걸하기가 취미인 개가 있어서
빵 조각을 적선해보았다.

빵 귀퉁이 그거 조금 얻어먹겠다고
저렇게 대기하는 중.

다음 조각을 기대했으나 안 주니까 굳어진
표정. 빵 조각을 향한 마(메 장)발장의 집념
이 느껴진다.

오해 없으셨으면 합니다. 정말 쭉쭉 늘어나는 것뿐입니다.
제가 꼬집어 늘린 게 아닙니다.

우리 마메는
올림픽에
'못생김' 종목이 있었으면
금메달리스트.

엄마랑 아빠가 철이 없어서 미안허다...

건치 요정 마메.
사진 열 장 중 일곱 장은 자는 사진이고
나머진 이런 거밖에 없다.
뽐낼 거라곤 건치뿐이지.

장난감이었다가, 간식이었다가, 여차하면 무기도 되는지라
마메는 개껌만 있으면 천하무적이 따로 없다.
자려고 이불 폈더니 뭐가 그렇게 신나서 개껌 들고 자랑질인지.

진드기 있을까봐 심란해하거나 말거나 그저 좋다고 무아지경이다. 좋겠다.
개껌 하나로 행복한 삶이라. 개걱정 같은 계집.

이젠 손을 쓰기도 싫은 것 같다. 너 그러다 소 된다.

안 뺏어, 인마...

좋아하는 것

도마에서 오이 써는 소리만 들렸다 하면 베개 베고 자다가도 진짜 날아서 뛰어온다. 많이 먹으면 설사를 해서 조금만 주는데도 그거 조금 주면 신나서 정말 맛있게, 사료보다도 맛있게 씹어 먹는다. 아사삭 와자작.

아끼는 것

마메에게 이 녹색 공은 집에 처음 온 시기부터 함께한 동반자 같은 존재다. 고무 재질이고 살짝 각져 있어서 굴러가다가도 멈추고 상대적으로 덜 시끄러워 적당히 고른 것인데, 어릴 적 제 몸집만 할 때부터 같이 뒹굴어서 그런지 마메에게 이 공은 제 나름의 장난감 기준이 된 듯하다. 솜인형이나 밧줄 인형은 하루도 못 가 다 작살을 내놓는데, 이상하게 이 공은 그렇게 아끼면서 가지고 논다.

밥 먹고 소가 되고자 누웠더니 살포시 갖다 얹는 공.

엄마

공

개껌

어쩔씨구. 개껌까지 갖다 얹는다.
사람한테 이런 거 올리는 건
어디서 배워먹은 버르장머리지. 허허.

애미야 볕이 좋구나. 홀홀홀.

볕이 너무 잘 들어서 오히려 집이 달궈지는 느낌이라 커튼으로 몽땅 가려
두는 건 어디까지나 사람 사정이다. 다 안 가려진 틈새의 볕이라도 있으면
거기에 눕고, 뒹굴 만큼 볕자리 걷어주면 또 거기에 편히 눕고, 어쩌다 깜빡
하고 안 걷어두면 혼자 커튼 바깥쪽에 들어가서 눕는다. 털북숭이가 덥지
도 않은가, 날만 좋으면 하루 종일 볕 쬐고 자느라 바쁘다.

특이 사항

벌써 세 살인데 최근에서야 마메한테 음식 알레르기가 있는 걸 알았다.
어느 날부터인가 자꾸 깨물고 핥기에 산책 다녀온 게 문제인가 싶었는데
음식 알레르기였다. 한 번 쓴 패드는 다시 쓰기 싫어해서 거실 아무 데나 오
줌 눠버릴 정도로 깔끔 떠는 것도 유난인데 이젠 먹는 거까지도 유난이라
며 웃었지만, 이제야 알아 미안한 마음도 들었다.

알레르기 때문에 가려워서
곧잘 저렇게 손을 깨문다.

"쓰읍!" 했더니 아무 짓도 안 했다는 양.

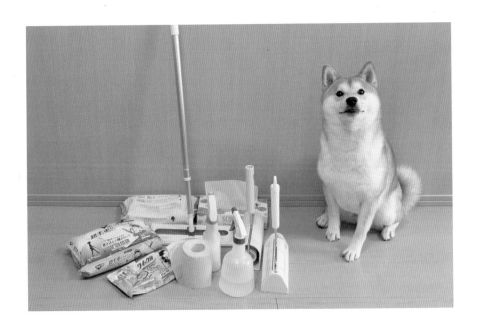

마메로 인해 늘어난 가사 노동을 위한 도구들. 그나마 좀 일반적인 청소 도구만 추렸는데도 한 짐이다. 너는 저게 뭔지도, 어디에다 쓰는지도 아무것도 모르지? 그러니까 그렇게 웃지. 웬수야.

욕실 청소하고 씻고 온 사이에 책상에 있던 과자를 훔쳐 먹은 대역죄인.
들꿩 같은 계집의 견생 목표는 안타깝게도 완전범죄인 듯하지만...
이건 뭐... 이것하고는 평생 대의를 도모할 수가 없는 것이다.

마메는 늘 가운데 발치께에
자리를 잡는다.

불 끄는 순간
지정석이라는 양
너무 당당히 와서
눕는 것이다.

가운데가 아니라
옆에 자리 잡으면
종종 알어나는 참사
→

(오만 소지품이
바닥으로 추락함.)

ㅇㅇ어ㅡ

ㅇㅇ어ㅡ

ZZZ

내 키우면 케이지에서도
자고는 하지만 드물다.
(주로 유배용도로 쓰이다보니)

쿠울

오!

개는 개집에서
재우라고.
사람 자는 곳에
동물을 왜 두냐며
지적하는 소리가 많은데

뭐
어때...

푹신하고
따슨 데에
몸을 누이고 싶은 건
사람이고 동물이고
매한가지겠거니...

베개 위에 누웠다가 미끄러짐.

같이 살면서
내가 양보함으로
마메가 누릴 수 있는 게
늘어난다는 건

나쁜 일만은
아니라고
생각한다.

거기서
몸을 왜 털어
이것아!!!

부르르르

덜컹봐!!

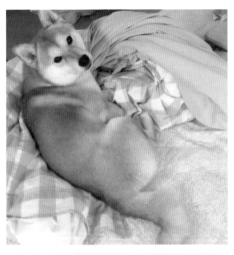

한참 일하고 있는데 또 이불 뒤집는다 싶어서
혼내려고 돌아봤더니 둥지 생성.

이 책에 귀여운 사진만 실을 거라
생각했다면 경기도 오산이다!

남편도 감탄한 나의 포착능력.
일 년 열두 달 못생긴 거
못생기게 찍어내는 게
뭐 재주라고.

2장

마메의 하루

육아 중인 지인들이 하루가 멀다 하고 메신저 프로필 사진을 자기 아이 사진으로 바꾸기에 남이 보기엔 다 똑같은 날 찍은 것 같은 변함없는 얼굴이라 뭣하러 찍나 싶었다. 근데 그걸 내가 하고 있다. 그것도 못생긴 개로.

'먹고'

'자고'

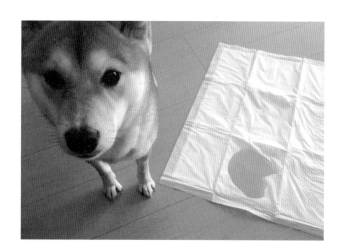

'싸고'.

먹고 자고 싸는 일 외에 마메가 하는 일은 세간살이 박살내기, 완전범죄 도모하기, 눈과 눈이 마주친 순간 관심 구걸하기, 있는 힘껏 못생기게 사진 찍히기, 숨 쉬듯 털을 뿜어내기로 단순하게 정리되는데, 이를 한마디로 요약하면 '우리 부부 명줄 깎아먹기'라고 할 수 있다.

씹고 뜯고 맛보고 즐기는 건
사라졌던 내 머리끈이었다.

너의 머리끈을 모조리
절단낼 것이다!

잘 받은 척.

원반을 개껌처럼 씹고 있다.
그거 허접해 보여도 천 엔인데...

어째 요새 얌전하다 했다.
이 죽일 것 같으니.

망가진 게임 때문에 속이 상해
옷도 못 갈아입고 울부짖으며
남편에게 고자질하고 있자니
남의 일처럼 쳐다본다.

결국 게임을 박살낸 벌로 남편이 침대 접근 금지령을 내리자 어떻게든 사
람 냄새가 나는 이불에서 자고 싶었는지, 우리가 평소 깔고 앉는 담요를 파
헤쳐서 제 몸 쏙 누이고는 낮잠을 잤다.

그러게 미운 짓을 왜 해, 못난 것아. 으이구!

아, 늙는 기분.

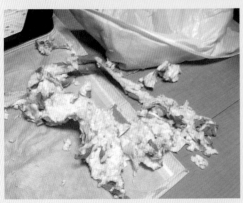

예고 없이 접신하는 털돼지와의
1박 2일 합숙 플랜을 만들고 싶다.
내용은 간단하다. 밥 챙겨주는 거랑
마메 지칠 때까지 어울려주기만 하면 되는...

내가 의도한 거

여러분이 받아들인 거

웃는 낯에 침 못 뱉는다

영화 재미있게 보고 집으로 돌아와보니 너무도 당당히 개껌을 파헤치고 바닥에 볼일을 보는 범죄를 저질러놓고 자랑질이다. 넌 끝도 없이 해맑아서 좋겠다.

말라버린 설사에 락스 섞은 물 뿌려놓고 기다리는 중.
넌 내가 싫지, 이것아.

똥 터트려놓고 뭐가 좋다고 신났어!
귀양 보내버리고 싶다.

세탁기 돌리고 빨래를 꺼내는데 뭔가 '뎅그렁' 하고 구르기에
"뭐여?" 하고 봤더니 개껌이!

저기요,
이거 왜 여기
들어 있는 건데?

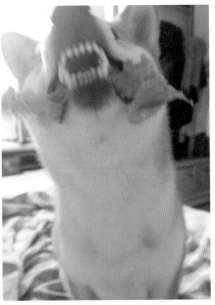

나에게 앙심을 품어도 단단히 품은 게
분명하다. 개껌을 일부러 저렇게 씹어
모양을 낸 뒤 시도 때도 없이
나와 남편의 맨살을 긁어댄다.
아주 치밀하게 계획된 범죄가
아닐 수 없다.

악마 같은 계집!
얼음송곳처럼 증거인멸이 가능한 흉기를
제조해 나와 남편을 처단한 뒤
이 집의 실권을 앗으려는 속셈일 것이다.
나는 순순히 당하지 않겠다!

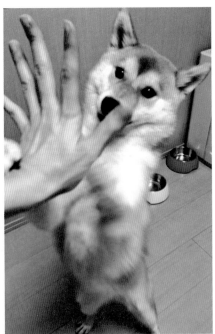

세상천지 만만한 게

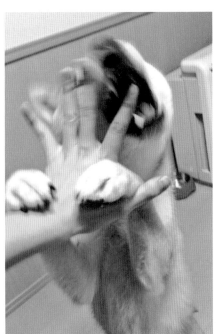

엄마 손인가 하노라.

맡겨놓은 라면이라도 있으신지 너무도 당당히 요구를 하시기에 어처구니없어서
한 가닥 헹궈드렸다. 오랜 기다림 끝에 얻어먹은 게 고작 물에 헹군 면발 한 줄이라
분했나. 표정이 왜 저래...

인간이시여, 들리십니까.
타이야키*를
내게도 달라 이 말입니다.

당고를 노리는 매의 눈.

시점

내가 앉아서 보는 시점과   마메가 보는 시점.

바깥 날씨가 좋아서 커튼을 걷어줬더니 정신 놓고 보고 있다. 사실 베란다 담장이 높아서 애한테는 하늘만 보일 텐데 뭐가 좋다고 이렇게 열심히 보는 건지.

집 앞이 도로라서 차도 지나가고
근처에 초등학교와 중학교가 있어서
애들 지나가는 소리도 왕왕 들리는데
그냥 그 소리를 듣는 것만으로도 신기한가보다.

침대 끄트머리에 앉아서 하늘만 보다가
나한테 와서 기대어 누우면서도 시선은 바깥 고정.
저녁에는 엄마랑 산책이나 다녀오자.

마메 아주머니, 바깥 날씨가 어때요?　　산책하기 좋은 날씨인가요?

난 귀찮으니 혼자 마실 좀 다녀오세요.

말도 마요, 얼마나 영악한지.

화장할 땐 거들떠도 안 보면서

눈썹만 그리는 날엔 귀신같이 알아채요.

무시하고 볼일 보러
냉큼 나갔다오면

마중도
안 나온다니까요.

어차피
과자로
풀릴 거...

넌
단순해서
좋겠다

← 부활

어느 날 아침, 자다 깬 얼굴이 훌륭하게 못생긴 것이다.

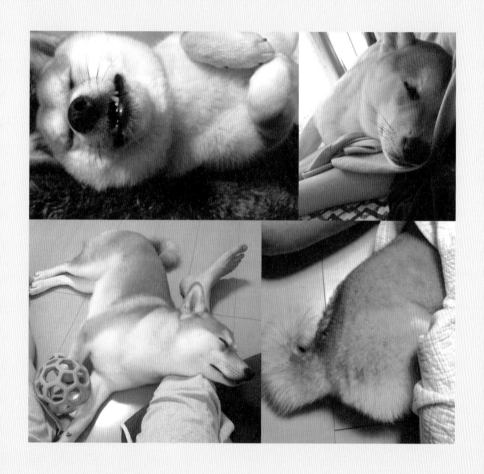

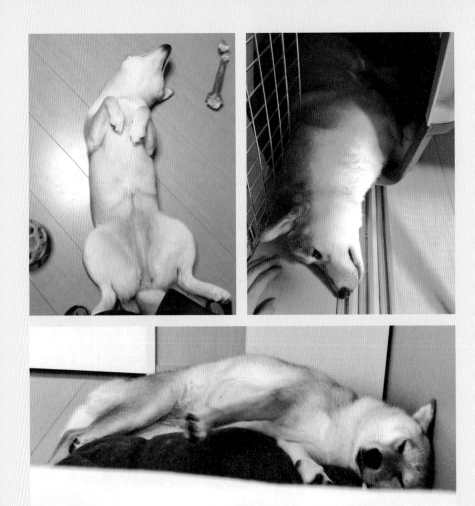

중력을 배반하지 못하는 볼따구니, 옆구리처럼 접히는 풍만한 목살,
수치를 모르고 드러누운 자세, 수면과 맞바꾼 귀여움, 무너지는 얼굴...
어쩜 이렇게 기구하게 잠들 수 있지? 대체 뭐가 문제인 걸까?

내가 관상 볼 줄 아는 건 아니지만, 마메 얘는 관상이 '진상'인 게 틀림없다.

식탐이 남들보다 '우렁찰' 때부터 알아봤어야 했다. 요구르트 조금 남은 거 먹겠다고 깔
짝대다가 결국 요구르트 통이 입에 끼는 사달이 나고야 말았다.

고난은 개를 진화시킨다.
직립보행의 기적!

 131

마메는 텐션이 늘 높은 편이라*

여름에는 남의 집 개보다 배는 더 헐떡인다.

왜 저렇게 헐떡이나 싶어
만져봤더니
심장 박동수가 굉장히 빨랐다.

비단 마메뿐만이 아니고,
작고 사랑스러운 존재들은
하나같이 바쁘다더라.

* 일본에서 '텐션'은 사전적인 정의와 다르게 기분이나 컨디션을 의미한다.
따라서 '텐션이 높다'는 '기분이 좋다' '컨디션이 좋다' '흥분했다' 정도로 이해할 수 있다.

늦게 찾아온 녀석들이 뭐가 그렇게 급해서
바쁘게 숨 쉬고 있는지.

나는
바랄 것 하나 없이
아쉽기만 한데

쪼만한 놈이
뭐가 급하다고
서둘러서
나이를 먹어가는 건지.

그냥 나는 네가

조금만 천천히
뛰어갔으면
좋겠어.

스타워즈 오마주

잠결에 보고 배에 '광선검' 갖다 댄 줄 알았다.
"포스가 함께하길."

조용하기에 자는가 싶어서 돌아봤더니 저러고 멍하니 있었다.
입에 저것은 씹다 만 개껌.

넋을 놓을 때도 함께인 개껌이 TV 받침대 밑으로
들어가버렸다.

혼자 해결하기 힘들어 도움을 구하는 중.
근데 어디서 좀 노셨나봐요. 얼굴 생겨먹은 게 비범하시네.

결국 남편은 평소 마메가 좋아하는 공에다 새 개껌을 꽂아 상납.
그러나 정작 개껌과 공의 주인은 무서워서 건들지도 못하고 안절부절.

 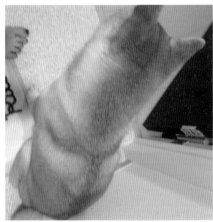

볼일 보려고 화장실 문 열자마자 잽싸게 와서 딴지 거는 건 뭔 심보여...
나가, 이것아. 문 닫고 나가, 쫌!

닫고자 하면
열릴 것이며,

열고자 하면
닫힐 것이다.

부탁이야.
제발 나 맘 편히 똥 좀 싸게
냅둬.

그만 쫓아와, 제발.

얘는 내가 똥 싸다 죽고 양치하다 죽고 샤워하다 죽을까봐 걱정인가보다.

방 법 1. 게임할 때 마우스질을 방해한다.

애비야, 게임 그만하고 나랑 좀 놀아다오.

방법 2 . 다정한 분위기에는
달콤한 눈빛을 쏘아준다.

자기 전에 남편 손톱 깎아주는데
옆에 와서 알 수 없는 자세로
관심 구걸하는 중.

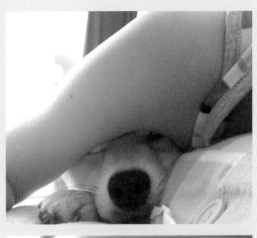

방법 3. 낮잠을 자려고 한다면 틈새를 공략한다.
안면을 붕괴하면서까지 파고드는 저의를
알 수가 없다. 소오름.

아무리 무생물이라지만
그렇게 패대기치면 공이 아프지 않을까?
왜 그래, 공이 너한테 욕했어?

안 그런 척.

고장

침대에서 같이 자다보니 생리 기간에 여기저기 묻히지 말라고 기저귀*를
채우는데, 저거 입히면 마메 고장 남.

* 오랫동안 채워두면 좋지 않으므로 자주 갈아입혀야 한다.

엄마,
이게 무어양?

미스트다, 요놈아.

아오, 진짜...

커튼 이용법

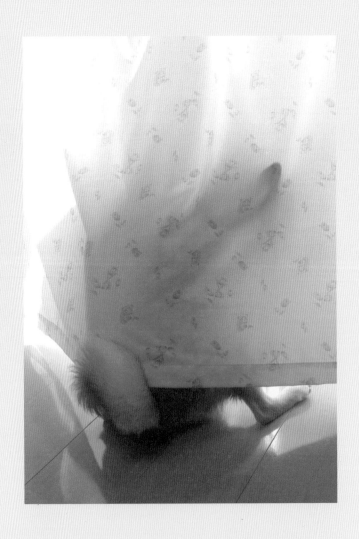

볕 쬐고 싶었나본데 그냥 커튼 걷어달라고 말을 하면 좋겠다.

뇌쇄적이야.

빨래를 널고 있는데 갑자기 방해질.

포인트로 교환한 담요가 귀여워서 엄마한테
자랑하려고 펼쳐놨더니
냉큼 배 깔고 제 것이라고 엎드린다.

공이나 던져

표...표정 뭔데.

잠시 후

그래서 넌 혼수를 요따위로 해왔니?

너만 아니었으면 우리 아들, 더 좋은 집안 아가씨랑
결혼할 수 있었어!

뽀깁미!

거-어-어-얼-／／／／／／／

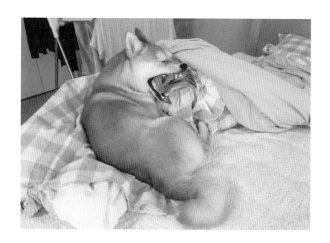

레이돼! 원츄쎄입돼! 마이핱 삐롱 투유우예잉 에어엥이.

지침.

이중모의 개와 함께 산다는 건

대충 이런 느낌이다.

(이산화탄소 대신 털을 뿜는 광경)

털갈이 시즌이라도 찾아오면

밤사이 수줍게 내리어 견주를 반기는
거실의 설원(털 밭)

얇은 사 하이얀 개털 고이 쌓여 나빌레라...

이 지옥 같은 시기에는
매일같이 빗질을 해줘도
새로운 차원의 문을 연 듯
개털이 뿜어져 나온다.

숨만 쉬어도 털이 뽑기고
자다 깨서 쉬야를 하러 가도
걸음 따라 털이 쌓이는 광경이란...

자고 일어났더니
거실에 눈이 내렸잖아...
네가 청소기 돌려!

?

이중모는 잘 젖지도 않아서
씻기고 말리는 게 엄청난 중노동이다.
(차라리 겨울을 하리다...)

미용이 필요 없어서 좋긴 한데,
대신 견주의 체력과 멘탈이
뽑혀져 나가는 견종인 것.

털갈이의 조짐이 보이기에 냉큼 긁어냈는데 이만큼.

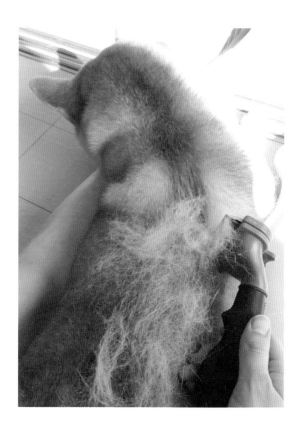

공기청정기와 청소기 필터는
남들보다 세 배 빨리 파업을 외치니
털 문제 말고도 귀찮은 일이 산더미.

사실 시바견을 데리고 산다는 건
슝슝 빠지는 털 문제를 제외하면
별다른 애로사항이 없다.

다른 개들처럼 말썽도 피우고
어지르고, 자기 주장도 해가며
조금씩 천천히 차분해지기 때문이다.
(3년 차에 드디어 찾아온 평화)

털이 길고 짧고, 많이 빠지고 아니고는
그 개를 판단하는 기준이 될 수 없다고 생각한다.
우리에게 마메가 그렇듯이.

어이구
우리
털돼지~

우리
털귀신~

시바견은 굉장히 사랑스러운 견종이고,
사랑받아 마땅할 매료가 넘치는 개다.

이종모의 견종을 들이고자 할 때엔
반드시 두 번 더 고민해보고,
가족과 충분히 상의한 후 결정짓기를 권한다.

예쁘다고
데려왔다가
털 때문의
전쟁난다...
(견주 놀찬히 울었음.)

가족전쟁의 씨앗

미소가 향기로운 우리 딸.

3장

조금 특별한
마메의 날

자는 시간 빼고 눈을 뜬 시간은 늘 신
이 나 있으니 무엇이 즐겁지 않겠느냐
마는 그중에서도 조금 더 신났던 시간.

목욕하고 나서 산책하러 가는 줄 알았지,
요놈아. 주사 맞으러 가는 거다.

어디 가는 줄도 모르고 헤벌쭉.

동물병원 가는 길에 있는 피아노 교실 담장에는 바람개비가 꽂혀 있다. 학교 앞이라 아이들이 많이 다니는 길목이고 하니 저렇게 여러 개를 꽂아두었다는데 애들뿐만 아니라 지나가던 개랑 개 주인도 덩달아 신나버렸다.

외출인 줄 알았는데 병원에 온 배신감.
알아차렸을 땐 늦었다.

동물병원에서 집으로 돌아가는 길, 낮에는 몰랐는데 해가 지면서 조명이 반짝이니까
그게 어지간히 신기했나보다. 바람개비도 마다하고 반짝거리는 전구를 지켜보느라
한참을 그 앞에 서 있었다.

마메, 이거 봐라. 반짝반짝.

아빠가 자꾸 늦게 온다.

안녕! 안녕! 안녕!

마메는 참 웃긴 게, 집 안에서는 제 뜻 굽힐 줄 모르는 폭군이면서 현관문만
나섰다 하면 무슨 아수라 백작도 아니고 갑자기 얌전해진다. "이리 가자"
하면 가자는 대로 따라오고, "그거 먹지 마" 하면 주워먹으려던 땡감도 얼
른 뱉고, "이제 집에 가자" 하고 건물 현관으로 오면 버티지 않고 냉큼 우리
집 현관 쪽으로 앞장 서서 들어가는 게 여간 우스운 게 아니다. 병원 다녀오
느라 힘 빠진 건 나인데, 피곤하다는 시위는 혼자 다 한다.

병원에 다녀와서 뻗은 마메.
좌 공, 우 콩, 가운데 마메(콩).
좋은 삼위일체다.

어머님이 와 계시는 동안
마메를 동물병원에 맡기게 되었다.

마메 보고 싶어어어어어ㅠ.ㅠ

오구오구
보고 싶었쩌.

원수니 뭐니 해도 결국엔 내 쌔끼 최고.
이거 없이 어떻게 사나.

컵라면 익는 시간보다 짧았던 너의 사랑스러움.

마메가 집을 비운 사이 마메 없는 고통을 참으며 새해 선물로 모자를 떠봤
다. 그런데 막상 떠놓고보니 할머니 팬티를 뒤집어쓴 모습일 거 같다. 어떡
하지.

그런데
그것이
실제로 일어났다.

뜨개질할 때는 꼭 옆에 모델을 두고
재면서 뜹시다. 대충 감으로 뜨면
내 꼴 남. 모자 너무 커.

배 포장지를 머리에 쓴 강아지가 너무
귀여워서 따라해보고 싶었다.
이거 얻으려고 일부러
배까지 사왔는데

마메 머리가 너무 커서
우리가 바라던 장면이
나오질 않는 것이다.

먹고살기 힘들지?

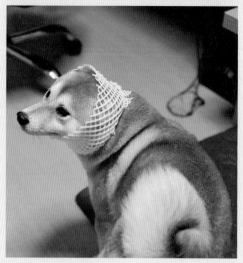

배 포장지를 쓴 모습이 마후라 싸맨 여배우 같다.
넘치는 아련함.

결국 마메의 머리 둘레를 이기지 못한
배 포장지는 찢어지고...

찢길수록 완성되는 하이패션.

오늘은 마메를 씻겨보겠습니다.

준비물 1 : 개

준비물 2 : 남편

샴푸로 예쁘게 거품을 냅니다.
이중모를 빤다는 것은 중노동이기에 남편이 있으면 좋습니다.
샴푸 라벨에는 적정량이라고 적혀 있는데, 적정량이라는 마법의 단어로
얼버무린 라벨 만든 분은 사표 쓰길 바랍니다.

거품을 깨끗하게 헹굽니다. 마징가 귀는 무시합니다.

말리면 끝! 참 쉽죠!
마메 털로 인해 하수구가 계속 막히니 사진을 찍으며 요령 있게
하수구를 잽싸게 갈아주는 스킬이 필요합니다.

목욕만 했다 하면 텐션이 대기권을 뚫는다.

Doge*랑 비슷하게 나온 듯.

현관문이라는 봉인이 풀리는 순간 마메 텐션의 봉인도
풀리기에 빠른 템포의 호흡과 자유를 갈망하는 헛바닥을
감출 수가 없는 것이다.
그래서 산책하는 사진 중 예쁜 게 없다.

저녁 시간에는 산책을 나온 개들이 무지 많다. 서방 뺏어간 여자 만난 듯 마메를 향해 미친 듯이 달려드는 포메라니안을 보고 깜짝 놀란 찌질이. 제 몸집 반만 한 애한테 겁먹었다.

물그릇 챙기는 거
깜빡해서 손바닥에.

우여곡절 끝에 도착한 마트.
반려동물용 카트*에 태우자 한참 신나하더니

* 일본 마트 일부는 반려동물과의 입장이 허용된다. 단, 지정된 카트에 태워서 이동해야 한다.

마트 펫숍에 수감되어 있는 새싹들을
비웃어주다 왔다고 한다.

애기들 상대로 어째선지
승리감에 도취된 철없는 어른 개.

수영장 가는 전철 기다리는 중.
전철도 처음이고 수영도 처음인 타의적 히키견생.

태어나서 한 번도 물에 푹 잠겨본 적이 없어서 어지간히 놀란 모양이다. 수
영장 바깥에 있던 남편이 박장대소를 하기에 봤더니 못할 짓 한다는 표정
으로 허우적허우적 헤엄치던 마메가 남편 코앞에서 꺼내달라고 매달려 있
었다. 아니야, 아빠는 안 구해줄 거야. 오늘은 수영 배우러 온 거라서 안 돼.

엄마만 믿어!
이것만 있으면
너는 여기서 무적이야!

아니야.
이건 썩은
동아줄이야,
엄마···

더위는 좀 식었을까. 날씨 좋을 때 또 오자.
그땐 연습 많이 해서 구명조끼 없이 놀 수 있게 되면 좋겠다.
그전에 일단 억울한 얼굴부터 어떻게 고쳤으면 하는 바람.

트위터 1만 팔로우가 감사해서
사투 끝에 간신히 두건만 걸치고 급하게 찍었다.

목에 건 코멘트 제대로 찍힌 사진은
하필 표정이 망함.

마메는 온몸이 흐물흐물 녹을 것같이 더운 여름 밤이면 저렇게 앉아 엉덩이를 식히곤 한다. 현관문 쪽에서 바람이 들어오니까 시원한가보다.

틈만 나면 궁둥이를 현관문에다 붙이고 신선놀음.

한참을 현관에서 엉덩이에 바람을 쐬시더니 침대로 돌아왔다.
빨래 위에 눕지 마.

겨울과 눈

관동 지방에는 눈이 거의 안 온다. 이날은 이례적인 폭설이 내렸고
마메에게는 태어나서 처음 맞이하는 눈이었다.

색을 얼마나 구분할지, 마메 눈에는 어떤 풍경으로 비칠지 우리가
얼마나 알겠냐마는 하얗게 보이는 건 우리나 얘나 매한가지 아니었을까.

온 사방에 처음 보는 뭔가가 쏟아지고, 그건 차갑고, 발바닥은 시리고.
그렇게 한참을 어리둥절해했다.

모든 게 마냥 신기.

아무도 밟지 않은 공터가 있어서 줄을 제일 길게 잡고 풀어줬더니
마메는 가슴까지 푹푹 잠기는데도 좋다고 날아다녔다.

춥지도 않은 모양.

집에 가자, 이제.

눈이 내려도 얕게 쌓이다 마는 지역이라서 내년에도 이만큼 내릴지는 아무도 모른다. 그건 나도 남편도 어떻게 해줄 수가 없는 일이다. 그저 마메가 많이, 좀더 오랫동안 이날 일을 행복하게 기억하면 좋겠다고 생각할 뿐.

온기

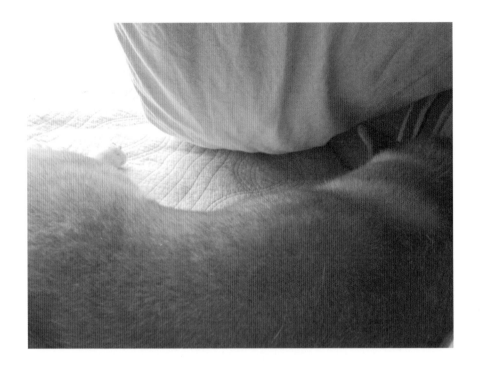

전날 내린 비로 간밤에 쌀쌀함을 느꼈는데 배탈까지 나서,
새벽부터 화장실을 들락거리고 끙끙대자 제 케이지에서 자던 마메가 불쑥 올라오더니
이불 속으로 파고들었다. 저도 추워서 올라온 건지, 아니면 으슬으슬 떠는 나를
알아본 건지는 모른다. 여느 때와 같이 발치께가 아니라 이불 속에 파고들어서
내 배에 몸을 딱 붙이고는 다시 고롱고롱 잠이 들었다.
"어이구, 띨구야. 엄마 말 하나도 못 알아듣지?" 하면서 놀려도, 실은
어느 정도는 아는 걸지도 모르겠다. 그냥 사소한 그 온기가 너무 고맙고 행복해서
약을 먹지 않아도 낫는 기분이었던 새벽.

무조건적인 내 편이 있다는 건 정말로 행복하고 고마운 일이다.

세상에서 제일 예쁜 우리 돼지.

못난아, 엄마랑 아빠랑 오래오래 살아야 해.

나는 시바견과 산다

우리 집 마메

1판1쇄 펴냄 2015년 8월 30일
1판2쇄 펴냄 2016년 9월 30일

지은이 길은

펴낸이 김경태 | **편집** 홍경화 김은영 전민영 성준근
디자인 Studio Marzan 김성미 / 박정영 | **마케팅** 박정우 곽근호 윤지원
펴낸곳 (주)출판사 클
출판등록 2012년 1월 5일 제311-2012-02호
주소 122-842 서울시 은평구 연서로26길 25-6
전화 070-4176-4680 | 팩스 02-354-4680 | 이메일 bookkl@bookkl.com

ISBN 979-11-85502-22-9 03810

이 도서의 국립중앙도서관 출판예정도서목록(CIP)은 서지정보유통지원시스템 홈페이지
(http://seoji.nl.go.kr)와 국가자료공동목록시스템(http://www.nl.go.kr/kolisnet)에서
이용하실 수 있습니다.(CIP제어번호: CIP2015022304)